parcourlet

Marion Wolters

Herstellung und Verlag:
BoD - Books on Demand, Norderstedt
ISBN 978-3-7431-6340-9

Für meinem Vater

For my father

Kapitel 1

Die Mutter aller Vokale durchdringt die äußere Schicht eines gläsernen Swimmingpools, der sich in einem wüstenähnlichen Gebiet befindet. Sie beleuchtet das sich darin befindliche Wasser mit ihren poetischen Worten, breitet sich aus in den Sandkörnern und belebt sie neu. Ohne ersichtlichen Grund ändert sie den Rhythmus und die Sprachlänge der Vokale.

A'nah hat gerade ihr neues Buch, das sie im nächsten Monat zu lesen beabsichtigt, in kleine Stücke zerrissen, die sie in 30 kleine gläserne Schachteln steckt. Sie drückt die Texte der ersten Glasschachteln in ihre Rocktaschen hinein, als ihr auffällt, dass die Textstellen nur noch zu einem Bruchteil bedruckt sind. Kann das möglich sein?

Ariana sitzt in der Telekonferenz mit chinesischen Kunden in Shanghai zur Vorbesprechung des Glaskongresses, der in Kürze stattfinden wird. Ihre englische Sprache kommt plötzlich in ungewohntem Ausdruck aus ihrem Mund. Ihren Geschäftspartnern geht es ähnlich und sie brechen die Konferenz lachend durch Handzeichen und Verbeugungen ab.

Ariana hat das Sprachexperiment mit der Mutter aller Vokale verabredet und sie hat ihre chinesischen Kunden vorher informiert. Gespannt auf den weiteren Verlauf des Experiments geht sie auf den Flur hinaus.

Wörter und Sätze springen durch den Gang, zersplittern ohne sichtbaren Grund. Sie liegen nebeneinander und formieren sich nicht neu. Ariana setzt im Geiste die eine oder andere

Buchstabenformation spielerisch zusammen. Sie erkennt einige Stilmittel wieder, die ihr Geist auch gleich wieder verliert (sie werden am Ende des Buches erklärt):

Ein Oxymoron sitzt als schwarzer Schimmel im roten Sessel.

Eine Alliteration glitscht gleich von der wandernden, weißen Wand.

Ein Pleonasmus macht den weißen Schimmel, auf dem Ariana manchmal reitet, mit dem schwarzen Schimmel im roten Besuchersessel bekannt.

Ein Euphemismus bezeichnet das Chaos im Gang als wohldurchdachtes Arrangement.

Eine Anapher sieht, dass der Euphemismus sich streckt, dass der Euphemismus nicht aneckt.

Sie geht mit ihrer Freundin Meriam in ein benachbartes Büro. Eine Grille mit internationaler Denkweise erschließt gerade die chemische Struktur eines Waldmeisterpuddings. „You will get what you like", steht auf den Stuhllehnen.

In jedem Büro steht eine Pflanze, die eine Idee repräsentiert. In diesem Büro ist es „Veränderung". Sie ist in den letzten Stunden bis durch das Fenster des 2 Meter hohen Lichthofes gewachsen. Ein sanfter Sommerregen kühlt die Atmosphäre auf frühlingshafte Temperaturen herunter, während Ariana und Meriam die wuchernden Pflanzen „Anpassung", „Kreativität", „Weiterbildung" und „Flexibilität" in anderen Büros bewundern.

Arianas Lieblingspflanze „spielerisch", füllt ihr eigenes Büro jetzt komplett aus. Die spielerisch im Raum verteilten Sätze

„play and try – try and play"

„work in a playful way"

„play the game of work"

sind kaum noch zu sehen.

Ein Summton erinnert Ariana an ihren Flug nach Estrialla, wo sie in den nächsten zwei Wochen mehrere Kunden auf einer Glastagung treffen wird.

Chapter 1

The mother of all vowels comes through the outer layer of a swimming pool which is made of glass. It is located in a desertlike area. She illuminates the water in it with her poetic words, spreads in the grains of sand and puts new life into them. Without an apparent reason she changes the rhythm and the speaking length of the vowels.

A'nah has just started to tear her new book into small pieces, that she intends to read within the next month, which she has pushed into 30 small boxes made of glass. She presses the texts of the first glass box into her skirt pocket when she notices that only a fraction of the text parts is still printed. How can this be possible?

Ariana is sitting in a call with Chinese clients in Shanghai for preliminary discussions of the glass congress which will take place shortly. Her English language is suddenly getting out of her mouth in an unusual way. Her business partners are experiencing the same, and they are breaking off the conference by making gestures and bow while laughing at the same time.

Ariana has arranged the language experiment with the mother of all vowels and she has informed her Chinese customers in advance. She faces the corridor interested to see how the experiment will continue.

Words and sentences are springing through the corridor, splinter without a visible reason. They are next to each other and do not formate again. Ariana puts the one or other letter formation playfully together. She recognises some stylistic devices which her spirit is losing right away (they are explained at the end of the book).

An oxymoron sits like a black mould in a red chair

An alliteration slithers soon from the wandering white wall.

A pleonasm introduces the white mould on which Ariana is sometimes riding on to the black mould in the red visitor chair.

An euphemism declares the chaos in the corridor as a well-thought out arrangement.

An anaphora sees that the euphemism is streching that the euphemism is not scandalising.

She goes into a neighbouring office with her girlfriend Meriam. A cricket with an international mindset is just extrapolating the chemical structure of a woodruf jelly. 'You will get what you like', is written on the chair backs.

A plant which represents an idea is standing in every office. In this office it is 'change'. It has grown over the last hours through the window of the atrium which is 2 metres high. A soft summer rain is cooling the atmosphere down to springlike temperatures, while Ariana and Meriam admire the rampant plants called 'adjustment', 'creativity', 'further training' and 'flexibility' in other offices. Ariana's favourite plant 'playful' fills her own office completely now. The sencentes 'work in a playful way'

'play the game of work'

'play and try – try and play'

which are playfully distributed in the room are hardly to be seen.

A buzzing sound reminds Ariana of her flight to Estrialla, where she will meet several customers at a glass congress in the next two weeks.

Kapitel 2

Arianas Rückflug ist beendet. Sie steigt aus dem Flugzeug, checkt ihre restlichen Mails und sieht, dass sie gerade einen neuen Auftrag erhalten hat. Es ist 2 Uhr, ihr Kunde möchte kurzfristig am nächsten Tag um 15 Uhr vorbeikommen. Sie schreibt eine kurze Bestätigung, schaltet das Gerät aus und trifft Ihren Partner Matthieu, der gerade aus New York eingetroffen ist, in der Abflughalle.

Ariana schaut zu, wie sich vorteilhafte Ereignisse fast unsichtbar entwickeln. Manche schleichen sich ganz langsam in ihr Leben und sind plötzlich da, andere brechen mit ihrer ganzen Kraft über sie herein.

Sie geht an der Glasfontäne im Eingangsbereich ihrer Firma vorbei, die Worte in der altbekannten Weise hervorsprudelt. Das Experiment der Mutter aller Vokale war auf ihr Unternehmen zugeschnitten und auf sechs Stunden begrenzt. Klangmodulationen schweben an ihr vorbei. Buchstaben umstellen die Glasfontäne, bauen multifunktionale, fantastische, architektonische Glasgebäude auf anderen Ebenen.

Ariana begrüßt ihren Kunden und sie gehen an hellblauen Glaswänden vorbei in die PR-Abteilung, wie er es sich gewünscht hat. Sie zeigt ihm die Glasschere, die sie selbst erfunden hat, als sie im gläsernen Swimmingpool der Mutter aller Vokale schwamm, der in einem wüstenähnlichen Gebiet steht. Seifenblasen, die über ihm schweben, verdunsten in der Durchsichtigkeit der Luft.

Die feine, zurückhaltende von Schweizer Universitäten geprägte Art ihres Kunden gefällt Ariana. Sie gibt ihm die Glasschere. „Sie ist ein solarbetriebener Computer, der Fakten über aktuelle Ereignisse aus verschiedenen Informationsquellen speichert. Dann gibt er sie in verschiedene Kontexte ein, die vorher für unterschiedliche Zielgruppen programmiert wurden und schreibt die entsprechenden Texte in verschiedenen Sprachen." „Kann ich damit auch den Text für den Jahresbericht meiner Firma schreiben lassen oder eine Liebeserklärung für meine Freundin?", fragt ihr Kunde lächelnd und streicht sich durch seine sich im Nacken kringelnden Locken. „Ja, wenn Sie die Glasschere entsprechend programmieren, ist das so einfach wie die Erfindung eines Perpetuum Mobiles."

Verwöhnt von Erfolgsgeschichten, die von innovativen Produkten geschrieben wurden, ist Arianas Arbeit auch dadurch von Leichtigkeit und Humor durchdrungen. Sie zeigt ihrem Kunden, wie er die Glasschere programmieren kann und nennt ihm ihre Kapazitäten. „Die Glasschere schneidet auch schadhafte Textstellen wie Rechtschreib- und Grammatikfehler heraus." Das kommt Arianas Kunden bekannt vor: „Guanin, Adenin, Thymin und Cytosin sind unsere Buchstaben, mit denen wir die Welt beschreiben. Die Glasschere arbeitet ähnlich wie unsere Genschere, die krankhafte Stellen herausschneidet und den Menschen umgehend gesunden lässt." Ariana begeistert ihren kunstsinnigen Kunden mit der feingeschliffenen Struktur der Glasschere und sie werden schnell handelseinig.

Ein Admiral fliegt durch das offene Fenster und setzt sich auf das Spanischlehrbuch einer Unternehmensteilnehmerin, die gerade die Deklination des Verbes „lachen" lernt. Die Papierstruktur oder der Inhalt scheinen ihn zu faszinieren. Der Schmetterling fliegt es mehrfach an, bis ein starker Windhauch ihm den Weg draußen zu einem sonnenbeschienenen Stein weist, wo Ariana ihren Kunden verabschiedet. „Was mich jeden Tag aufstehen lässt, sind die fantastischen Möglichkeiten, die wir in unserem Unternehmen verwirklichen können. Die Produkte, die wir in der Zukunft herstellen werden können und was unser Unternehmen eines Tages sein kann", sagt er.

Chapter 2

Ariana's return flight has ended. She gets out of the plane, checks her remaining mails and sees that she has just received a new order. It is 2am, her customer wants to visit her at short notice the next day at 3pm. She writes a short confirmation, switches her gadget off and meets her partner Matthieu in the departure hall, who has just arrived from New York.

Ariana watches how favourable events develop nearly invisibly. Some are sneaking in her life very slowly and are suddenly there, others collapse over her with their whole power.

She passes the glass fountain in the entrance area of her company which spews out words in the well-known way. The experiment of the mother of all vowels was tailored to her company and limited to 6 hours. Sound modulations are floating next to her. Letters surround the glass fountain, build multifunctional, fantastic, architectural glass buildings on other levels.

Ariana welcomes her customer and they pass the light blue glass walls to the PR department, as he has wished. She shows him the glass scissors she has invented herself, when she was swimming in the glassy swimming pool of the mother of all vowels, which is standing in a desertlike area. Soap bubbles which are floating over it vaporise in the transparency of the air.

Ariana likes the customer's fine reserved way which was shaped by Swiss universities. She gives the scissors to him. 'It is a solar driven computer which saves facts about current events of various sources of information. Then it enters them in various contexts which were programmed for different target groups before and writes the texts in different languages'. 'Can I ask it to write the text for the annual report of my company or a declaration of love for my girl friend, too?', asks the customer with a smile and rakes his fingers through his hair which is curly in his neck. 'Yes, it is as easy as the invention of the perpetuum mobile when the glass scissors are programmed correspondingly'.

Spoiled by success stories which were written by innovative products, Ariana's work is also filled with effortlessness and humour. She shows her customer how he can programme the glass scissors and mentions their capacities to him. 'The class scissors are also cutting out the faulty passages in a text like orthographic or grammatical mistakes'. This seems familiar to Ariana's customer: 'Guanine, adenine, thymine and cytosine are our letters with which we describe the world. The glass scissors are working similarly like our gene scissors which cuts out unhealthy parts and makes the human being recover immediately.' Ariana enthuses her customer, who is appreciative of art, with the honed structure of the glass scissors and they quickly come to an agreement.

An Admiral flies through the open window and sits down on the Spanish textbook of a company participant, who is just learning the declination of the verb 'laughing'. The paper structure or the content seems to fascinate it. The butterfly flies to it several times until a strong breath of wind shows it the way outside to a sunlit stone where Ariana takes her leave of her customer. 'What makes me get up every morning are the fantastic possibilities we can realize in our company. The products we can manufacture in the future and what our company can be one day', he says.

Kapitel 3

Ariana besucht ihre Freundin A'nah, eine indische Tanzlehrerin, in ihrer Wohnung in Berlin. Sie lebt dort mit ihrem Mann, einem ehemaligen Analysten und ihrer kleinen Tochter.

Die Konsonanten „M" und „W" öffnen ihr die Tür. Sie sind die häufigsten Konsonanten im Textfetzen des heutige Tages, den A'nah am Abend lesen wird. „M" und "W": weiche Konsonanten, die Ariana freundlich einladen, hereinzukommen, während sich die Konsonanten „D", „B", „G" nach einem guten Mittagessen schlafen gelegt haben. Das „M" bringt beiden eine Magnolienblüte und geht wieder.

„Nachdem Du mir den Grund erklärt hast, warum nur noch die Hälfte des Textes auf meinem Papierfetzen steht, war ich fasziniert von der Idee des Experiments und habe die Mutter aller Vokale gebeten, ihr Experiment für mich zu verlängern", sagt A'nah.

Eine Königin mit perlenbesetzten Sandalen öffnet den Horizont. Das Wasser in einer großen Teeschale schwappt kurz hin und her. Es reflektiert sekundenlang das Bild eines sich wandelnden Dreiklangs. Wasserartige Gedanken verändern ihn in eine unbekannte, ungeahnte neue Tonhöhe.

„Was hast Du herausgefunden?", will Ariana wissen. „Es war schon sehr eigenartig zu Beginn. Ich konnte nicht lesen und nicht sprechen. Die Buchstaben machten sich über mich lustig und ich konnte sie auch nicht schriftlich fixieren, da sich Länge und Rhythmus ständig änderten. Ich war ratlos und fühlte mich abgeschnitten", erzählte A'nah. „Dann hast Du abwechselnd die Sonne, den Mond und andere Sterne befragt", witzelt Ariana.

„Eher das Gegenteil. Ich habe niemanden befragt und mich am nächsten Tag leer gemacht. Das bedeutet, dass ich mich einfach auf den nächsten Tag eingelassen und eine gute Lösung erwartet habe", berichtet A'nah. „Interessanter Ansatz!", staunt Ariana. „Wie ging es weiter?"

Die Königin mit den perlenbesetzten Sandalen nimmt einen Ton in beide Hände wie ein Geschenk.
Wasserartige Gedanken verändern ihn in eine unbekannte, ungeahnte neue Tonhöhe.

„Innerhalb dieses zehntägigen Experiments lernte ich Gelassenheit. Doch am ersten Tag zierte eine leere Seite mein Leben.

Ich fühlte mich unwohl bei der unfreiwilligen Kommunikationsdiät und begann erst am zweiten Tag, sie zu genießen.

Dann lieh ich mir von unserer Freundin Meriam ein Konzept der Wirklichkeit, das meiner Situation sehr nahe kam. Erst am dritten Tag kam das Wesen der chinesischen Sprache zu mir und strich mir tröstend über mein Haar. Ich traute mich kaum aber wagte es dann doch, ihr auf Chinesisch zu danken", fährt A'nah fort. „Es hat funktioniert!" vermutet Ariana. „Ja, das hat es! Ich war ganz glücklich, als ich nach und nach mit den Wesenskernen der Sprachen in Kontakt kommen konnte. Nachdem die Mutter aller Vokale zuvor Rhythmus und Länge der Vokale alle paar Minuten geändert hatte und ich mich gerade auf die neue Situation eingestellt hatte, als das alte Spiel zerstört und ein neues Spiel geboren wurde." „Dann hatten die Sprachen an jedem Tag mehrfach Geburtstag", neckt Ariana sie lachend. „Ja, nicht nur ich feierte meinen Geburtstag, da mir an jedem Tag ein neuer Tag geschenkt wird", stimmt A'nah lächelnd zu. „Ich bin durch dieses Experiment unerschrocken geworden und nutze öfter meine Intuition. Ich weiß jetzt, dass ich die Fähigkeit habe, mich jederzeit auf alles einstellen zu können."

Eine Perle sinkt singend auf den Tanzboden aus Birkenholz. Auch die übrigen Perlen auf den Sandalen der Königin beginnen zu klingen. Wasserartige Gedanken verändern die Königin und sie in eine unbekannte, ungeahnte neue Tonhöhe.

„Großartig. Dann lade ich Dich zum Glaskongress ein. Du kannst dort für mich den Glasnudeltest vorführen", lädt Ariana A'nah ein. „Glasnudeltest – was ist das denn? Du machst einen Spaß", sagt A'nah wissend, wie es tatsächlich gemeint war. „Nein, nein. Ich meine es schon ernst, auch wenn der Glasnudeltest ein großer Spaß ist", bestätigt ihr Ariana. „Aber vielleicht kannst Du auch etwas anderes vorführen. Etwas, dass mehr mit Tanzen zu tun hat", zwinkert sie A'nah zu.

Chapter 3

Ariana visits her girl friend A'nah, an Indian dance teacher, in her flat in Berlin. She lives there with her little daughter and her husband, who is a former analyst.

The consonants 'M' and 'W' open the door for her. They are the most common consonants in today's text scrap, A'nah will read in the evening. 'M' and 'W': soft consonants which invite Ariana in a friendly way to come in while the consonants 'D','B','G' are having a nap after a good lunch. The 'M' brings a magnolia blossom for the two and leaves.

After you have explained the reason to me why only half of the text is written on my paper scrap, I was fascinated by the idea of the experiment and I have asked the mother of all vowels to prolong her experiment for me', says A'nah.

A queen with sandals which are covered with pearls opens the horizon. The water in a big tea bowl shortly is sloshing forth and back. It reflects the picture of a transforming triad for seconds. Waterlike thoughts transform it into an unknown, undreamed-of new pitch.

'What have you found out?', Ariana wants to know. 'Indeed, it was very peculiar at the beginning. I could not read and not speak. The letters have made fun of me and I could not write them down, as length and rythm were changing permanently. I was at a loss and felt disconnected', Ariana tells. 'Then you have alternately interviewed the sun, the moon and other stars', Ariana jokes.

'Rather the opposite. I have not asked anybody and have emptied my mind the next day. This means that I have simply let myself in for the next day and have expected a good solution', A'nah reports. 'Interesting approach!', Ariana wonders. 'What was your next step?'

The queen with the sandels which are covered with pearls takes a tone into both hands like a present.
Waterlike thoughts transform it into an unknown, undreamed-of new pitch.

Within this experiment lasting ten days I learned calmness. But on the first day an empty page graced my life.

I felt unpleasant with this involuntary communication diet and even started to enjoy it on the second day.

Then I lent a concept of reality from our girl friend Meriam that came very close to my situation. Only on the third day the essence of the Chinese language came to me and stroke comfortingly my hair. I hardly dared but then I risked to thank her in Chinese', A'nah continued. 'It worked!' Ariana assumed. 'It did! I was very happy that I could get in contact with the essence of the languages step by step. After the mother of all vowels has changed the rhythm and the length of the vowels every few minutes and I have just adapted to the new situation when the old game was destroyed and a new game was born.' 'Then it was the languages' birthday several times on every day', Ariana teases her laughingly. 'Yes, not only my birthday, as I receive a new day as a present each day', Ariana agrees laughingly. 'I have became fearless as a result of this experiment and use my intuition more often. I know now that I have the ability to adapt to everything at any time.'

A perl sinks singingly on the dancing floor made of birch wood. The remaining perls on the queen's sandels also start to sound. Waterlike thoughts change the queen and them into an unknown, undreamed-of new pitch.

'Great. Then I invite you to the glass congress. There you can perform the glass noodle test for me', invites Ariana A'nah. 'Glass noodle test – what is that? You are joking', says A'nah knowing how it was really meant. 'No, no. I am serious about that, even if the glass noodle test is great fun', Ariana confirms.

'But maybe you can perform something else, too. Something that deals more with dancing', she winks at A'nah.

Kapitel 4

Mitternacht in Indien. A'nah trinkt Kometensaft. Zur Eröffnung des Glaskongresses umtanzt sie den Stand am Eingang. Hier gibt es Glasnudelgerichte zum Heraussaugen, die sich in Glasschnecken befinden. Ein Besucher geht vorsichtig an ihr vorbei. A'nah fordert ihn zum Tango auf, den sie auf einem mittelblauen Punkt in der Mitte des Eingangsbereiches beenden.

Ein charmanter Rosenstengel flirtet mit einer Kleeblattdame. Ihre Hormone beginnen ganz langsam zu trommeln. Sie zieht ihren Umhang aus, während ihre Hormone zunehmend schneller trommeln. Der Rosenstengel setzt sich zu ihr und beginnt die trommelnden Hormone zu streicheln.

Ein neuer Zeitabschnitt in Arianas Überraschungsausgabe des Lebens. Ariana freut sich auf ihre Produktpräsentation und genießt die Faszination exzessiven Arbeitens und Lebens, die sie nicht voneinander trennen kann.

Mehrdeutige Vorgänge in der Technik des Glasdefinierens liieren sich in dieser Nacht mit der Vieldeutigkeit eines Glasvortrags. Mysteriöse Sätze wie der vorherige Satz sitzen neben nihilistischen und irrationalen Kundensätzen auf Glasinseln in einem großen, mit Wasser gefüllten Glaszylinder. Ariana hat ihre Besucher gebeten, zur Produktpräsentation „Der Nihilistenschlüssel" in Schwimmkleidung zu kommen, um hautnah zu erleben, wie das Gerät zur Gewinnung schwieriger Kunden funktioniert und wie man es einsetzt. Sie hält sich am Zylinderrand fest und schwingt ihren Unterkörper spielerisch wie ein Pendel hin und her, bevor ihre Besucher nach und nach im Wasser eintreffen.

Ein Lachen in Form einer übergroßen gläsernen Null erscheint, schwebt aus dem Nichts der Nacht im Vollmondlicht über dem Wasser. Die mysteriösen und nihilistischen Sätze seufzen wissend. Das Lachen präsentiert die Funktion „Aufweichen", indem es Sätze auf amüsante Weise variiert und den Inhalt ohne dass der Kunde sich langweilt, so lange wiederholt, bis dieser das Produkt haben will und kauft. Die ersten nihilistischen Kundenargumente geben bereits genervt auf und springen ins Wasser.

Ariana und die Besucher lachen mit der gläsernen Null, die mit der Funktion „Entwässern" weitermacht. Sie präsentiert mit ihren Sätzen folgerichtig alle Vorteile, so dass irrationalen Gegenargumenten systematisch der Lebenssaft entzogen wird. Die mysteriösen Sätze fühlen sich erkannt und verschwinden im dunklen Nass.

Ariana und die Besucher lachen. Die gläserne Null grinst und zeigt zum Abschluss die Funktion „Wassertropfen". Dazu lässt sie einen Satz mit einem Wassertropfen beständig ins Wasser fallen. Die Sätze erzählen Wassertropfen für Wassertropfen die Entstehungsgeschichte eines Produktes und höhlen durch die Detaildichte den Raum für Spekulationen der Kunden aus. „Nur das Nichts ist positiv!", sagt die Null und lacht laut, weil sie weiß, dass damit auch die restlichen irrationalen Kundensätze ins Schwimmen geraten.

Ariana streicht leicht über den Zylinderrand. Sie fliegen mit Solarenergie auf den afrikanischen Kontinent, wo der internationale Glaskongress fortgesetzt wird. Die Besucher finden sich bei der Ankunft in der gleißenden Mittagssonne wieder. Wie Ariana ziehen sie dort die für sie bereit gehaltene legere Geschäftskleidung an.

Bei Sonnenlicht wirkt die gläserne Null größer als im Mondlicht. Firmenlogos der Unternehmen, die sie bereits erfolgreich einsetzen, sind in der Außenseite eingraviert. Ariana kennt die zahlreichen Fragen der Besucher und lässt sie von der gläsernen Null beantworten.

Ein weißer Schmetterling versucht in das Wasser des Zylinders einzutauchen. Doch das Glas verhindert das. So fliegt er auf die benachbarte Ausstellungsfläche und Ariana folgt ihm nach Abschluss ihrer Veranstaltung. Dort befindet sich eine bunte Hutvariante aus Porzellanglas, die einer Melone ähnelt. Ariana und A'nah fliegen mit ihr auf den europäischen Kontinent, wo der letzte Teil des Glaskongresses stattfindet.

Chapter 4

Midnight in India. Ariana is drinking comet juice. For the opening of the glass congress she is dancing around the booth at the entrance. Here there are glass noodle dishes in glass snails for sucking them out. A visitor is passing her carefully. A'nah asks him to dance the tango, which they end on a mid blue point in the middle of the entrance area.

A charming rose stem is flirting with a cloverleaf lady. Her hormones initially start to drum very slowly. She removes her cape when they increasingly are drumming more quickly. The rose stem joins her and starts to caress the drumming hormones.

A new period of time in Ariana's surprise edition of life. Ariana is looking forward to her product presentation and enjoys the fascination of working and living exessively. She cannot separate both from each other.

Ambiguous processes in the technique of glass defining liaise with the versatility of a glass lecture this night. Mysterious sentences like the sentence before are sitting next to nihilistic and irrational sentences of customers on glass isles in a big glass cylinder which is filled with water. Ariana has asked her visitors to come in swimsuits for the product presentation 'The nihilist key', just to experience very closely how the gadget for winning difficult customers works and how it can be used. She holds on the edge of the cylinder and playfully swings her lower body back and forth like a pendulum before her visitors arrive in the water little by little.

A laughing in form of an oversized christalline zero appears, it hovers out of the night's nothing in the full moon light over the water. The mysterious and nihilistic sentences sigh in a knowing way. The laughing zero presents the function, 'water down' while it is modifying the sentences in an amusing way and repeats the content to the customer without boring them so often until they want to have this product and buy it. The first nihilistic customers' arguments already give up stressed out and jump into the water.

Ariana and the visitors laugh with the glassy zero which continues with the function 'dehydrate'. It consequently represents all advantages with its sentences so that the lifeblood of irrational counterarguments is systematically withdrawn. The mysterious sentences feel demasked and disappear in the wet dark.

Ariana and the visitors laugh. The glassy zero grins and finally shows the function 'waterdrop'. It dops a sentence with a waterdrop constantly into the water. The sentences tell water drop for waterdrop the story of a product's development and undermine the room for the customers' speculations given by the density of details. 'Only nothingness is positive!', says the zero and laughs out loudly as it knows that even the remaining irrational sentences of the customers get out of their depths, too.

Ariana strokes slightly over the cylinder's edge. With solar energy they fly to the African continent where the international glass congress is continued. When arriving the visitors find themselves in the dazzling midday sun. Like Ariana they put on business casual which are kept at their disposal there.

The glassy zero appears greater in the sunlight than in the moonlight. Logos of the companies which have already used it successfully are engraved in the outside. Ariana knows the numerous questions of the visitors and lets the glassy zero answer them.

A white butterfly tries to dive into the water of the cylinder. But the glass prevents that. So it flies to the neighbouring exhibition area and Ariana follows it after the event has ended. There is a coloured modified hat made of porcelain glass which is similar to a bowler hat. Ariana and A'nah fly with it to the European continent where the last part of the glass congress takes place.

Kapitel 5

Eine architektonisch herausfordernde Glasstadt auf 1000m^2 mit bis auf den Boden gebogenen Dächern und meterlangen Bänken. Äste führen von Baumfarn zu Baumfarn, hin zu einem Labyrinth aus Glasgittern, zwei Meter hoch in der Luft. Solarbetriebene Rolltreppen in unterschiedlichen Geschwindigkeiten laden zur Mitfahrt ein. Wild wachsende Blumen überall.

„Wir kreieren jeden Tag immer wieder alles neu. Es gibt so wenig Routine wie möglich, weil wir uns nicht langweilen wollen. Zudem brauchen wir kein Gerüst, an dem wir uns festhalten müssen. Diese Definition unserer Unternehmensphilosophie ist nahezu eine Metapher für parcourlet.

Parcourlet Stadt ist ein System aus einzelnen Bausteinen, die sie individuell für Ihre Unternehmensteilnehmer zusammensetzen können", erklärt Ariana weiter. „Wir stellen die einzelnen Bauteile täglich mehrfach um, so dass immer wieder anders trainiert werden kann. Wenn man zu Beginn die Innenseite der Unterseite eines Übungsgegenstandes am Eingang berührt, aktiviert man eine Funktion, die einen Ton hörbar macht, sobald man einen Gegenstand zum Praktizieren nutzt. Auf diese Weise kann man parcourlet ausüben und eine Melodie kreieren, die immer überraschend und neu ist. Apropos: Zu unserer Firmenphilosophie gehört übrigens auch, dass wir unsere Kunden immer wieder überraschen. Wir haben dafür unsere Überraschungsabteilung etabliert.

Wenn Sie genauer hinsehen, können Sie auch Street Art im rechten, dafür mit einem Seil abgegrenzten Bereich der Glasstadt erkennen. Manche Unternehmensmitglieder drücken sich hier künstlerisch aus und gravieren oder bemalen Glas, schneiden Stücke aus einem Gegenstand mit dem Glasschneider heraus. Man kann den Gegenstand auch mit nach Hause nehmen und durch einen Neuen ersetzen. Es gibt auch Unternehmen, die ihren Betriebsurlaub bei uns buchen."

„Wieviel Zeit muss man investieren, um fit für parcourlet zu sein?", möchte ein durchtrainierter Besucher wissen.

„Die meisten Unternehmensmitglieder trainieren hier jeden Tag 15 Minuten lang, manche feiern ihre Überstunden in der parcourlet-Stadt ab. Wichtig ist, Herausforderungen spielerisch durch Weisheit, Weitblick, Wissen und Technik zu lösen. Das gilt auch für unsere Arbeit", erklärt Ariana ihren Besuchern.

„Gibt es auch ein paar Quadratmeter, wo man sich ausruhen kann, ungesehen und unbeobachtet?", fragt ein Besucher, der Teile seines Körpers halb hinter einem Glasgegenstand verbirgt. „Eine Umgebung für introvertiertere Unternehmensteilnehmer, die sich gerne zurückziehen und Zeit zum Nachdenken, Informationen verarbeiten und Alleinsein benötigen." „Ja", nickt Ariana. Parcourlet Stadt wurde für die Bedürfnisse von extrovertieren wie introvertierten Unternehmensteilnehmer gleichermaßen gebaut. Introvertierte können die linke Seite eines jeden Glasgegenstandes berühren. Er färbt er sich je nach Tageszeit und Licht der Natur ein. Am frühen Morgen spiegelt er z.B. einen Sonnenaufgang wider. Die Philosophie dahinter ist „Ent-stehen lassen durch Ent-spannung", erklärt Ariana weiter.

„Zum Abschluss des Glaskongresses führe ich Ihnen jetzt parcourlet vor und wer möchte, den lade ich ein, sich mir anzuschließen." Sie überspringt einen Stuhl, auf dem der Satz „Du kannst das, von dem Du glaubst, dass Du es kannst", steht und landet mit einer Mischung aus Geschicklichkeit und Kraft im Spagat auf dem Ast eines Glasbaumes. Spielerisch und ästhetisch zugleich überquert sie als Seiltänzerin eine Bank und springt elegant vor das Eingangsschild, das gerade ein Besucher liest.

„parcourlet " steht auf einem Schild.

„parcourlet ist eine Mischung aus Parkour und Ballett. Die Firmengründerin Ariana erfand parcourlet bei einem Ersttraining für Parkour, wo sie feststellte, dass keiner der Parkour Ausübenden Spagat konnte. Eine Ausnahme? Sie nahm dies jedenfalls zum Anlass, um Elemente des Balletts in Parkour zu integrieren und eine neue Fortbewegungsart zu kreieren.

Bei parcourlet kommt es darauf an, die Umgebung auf effektive, kreative, ästhetische Weise wahrzunehmen. Blitzschnell zu entscheiden, wie man den Raum so einnehmen und überwinden kann, dass daraus ein faszinierendes Kunstwerk wird. Man lernt, sich auf den eigenen Körper zu verlassen und keine Spuren zu hinterlassen. Man lässt sich komplett auf die Umgebung ein und erfindet intuitiv neue Fortbewegungsmöglichkeiten, die elegant und sexy sind. Beim Ballett steht man auf Zehenspitzen, bei parcourlet lernt man, wie man in Gedanken auf Zehenspitzen stehen kann. Für ein faszinierendes, außergewöhnliches Leben voller Überraschungen mit bisher ungeahnten Horizonten."

Chapter 5

An architectonically challenging glass town covering 1000 square metres with roofs bent to the floor and metres long benches. Branches extend from tree fern to tree fern up to a labyrinth of glass fencings, two metres high in the air. Solar driven lifts in different speeds invite to get a lift. Wild growing flowers everywhere.

'Every day we create everything anew. There is as less routine as possible, because we do not want to be bored. Moreover, we do not require a framework we have to stick to. This definition of our corporate philosophy is almost a metaphor for parcoulet.

Parcourlet town is a system of single elements which can be put together individually for your company participants', Ariana continues to explain. 'We are rearranging the single elements several times a day so that you can train in a different way again and again. When you touch the inside of the bottom of an exercise object at the entrance, you activate a function which makes a tone audible as soon as you use the object for practicing. In doing so, you can practice parcourlet and create a melody which is always surprising and new. By the way: it is also part of our company philosophy to surprise our customers again and again. We have established our surprise department for that.

When you have a closer look you can also see street art in the right part of the glass town which is seperated by a rope. Some company participants express themselves artistically and engrave or paint glass, cut pieces out of an object with a glass cutter. You can also take the object home and replace it with a new one. There are also companies which book their company holiday with us.'

'How much time do you have to invest to be fit for parcourlet?', a thoroughly fit visitor wants to know.

'Most of the company participants practice here 15 minutes every day, some are compensating their hours of overtime in parcourlet town. It is important to playfully solve challenges by wisdom, far-sightedness, knowledge and technique. This is also valid for our work', Ariana explains to her visitors.

'Are there also a few square metres where you can relax without being watched at?', asks a visitor who hides parts of his body behind a glass object. 'An environment for more introverted company participants who like to withdraw and require time to reflect, process information and to be alone.' 'Yes', nodds Ariana. Parcourlet town was built for the requirements of extroverted and introverted company participants likewise. The introverted can touch the left side of every glass object. Its dyeing depends on the time of day and light of nature. In the early morning it reflects a sunrise for example. The philosophy behind is 'creation by relexation', Ariana continues to explain.

'Closing the glass congress I will perform parcourlet for you now and invite you to join me.' She jumps over a chair on which the sentence is written 'You can do what you think that you can do' and with a mixture of skilfulness and power she lands on the branch of a glass tree doing the splits. In a way that is playful and aesthetic at the same time she crosses a bench as a funambulist and jumps elegantly in front of the entrance sign which a visitor is just reading.

'parcourlet' is written on a sign.
'parcourlet' is a mixture of parkour and ballet. Ariana, the company founder invented parcourlet during a primal training for parkour when she realized that none of those practicing parkour were able to do the splits. An exception? However, she uses this as an opportunity to integrate elements of ballet into parkour and to create a new way of movement.

When doing parcourlet it is important to perceive the environment in an effective, creative, aesthetic way. To decide as quickly as possible how to take up a room and to overcome it, so that it becomes a fascinating work of art. You learn how to count on your body and not to leave your marks. You completely engage in the environment by intuition to invent new possibilities to move which are elegant and sexy. When doing ballet you are standing on your tiptoes, when doing parcourlet you learn how you can stand on tiptoes in your thoughts. For a fascinating, extraordinary life full of surprises, with horizons which have been undreamed of so far.'

Merci

Du kannst mit diesem Buch auch herausfinden, wie gut Du die Geschichte auf Deutsch/Englisch übersetzen kannst. Dabei hilft Dir die Formatierung der Geschichte:

**You can also find out with this book, how well you can translate the story into German/English.
The formatting of the story supports you:**

Kapitel 1 – Chapter 1

Die Mutter aller Vokale durchdringt die äußere Schicht eines gläsernen Swimmingpools, der sich in einem wüstenähnlichen Gebiet befindet. Sie beleuchtet das sich darin befindliche Wasser mit ihren poetischen Worten, breitet sich aus in den Sandkörnern und belebt sie neu. Ohne ersichtlichen Grund ändert sie den Rhythmus und die Sprachlänge der Vokale.

The mother of all vowels comes through the outer layer of a swimming pool which is made of glass. It is located in a desertlike area. She illuminates the water in it with her poetic words, spreads in the grains of sand and puts new life into them. Without an apparent reason she changes the rhythm and the speaking length of the vowels.

A'nah hat gerade ihr neues Buch, das sie im nächsten Monat zu lesen beabsichtigt, in kleine Stücke zerrissen, die sie in 30 kleine gläserne Schachteln steckt. Sie drückt die Texte der ersten Glasschachteln in ihre Rocktaschen hinein, als ihr auffällt, dass die Textstellen nur noch zu einem Bruchteil bedruckt sind. Kann das möglich sein?

A'nah has just started to tear her new book into small pieces, that she intends to read within the next month, which she has pushed into 30 small boxes made of glass. She presses the texts of the first glass box into her skirt pocket when she notices that only a fraction of the text parts is still printed. How can this be possible?

Ariana sitzt in der Telekonferenz mit chinesischen Kunden in Shanghai zur Vorbesprechung des Glaskongresses, der in Kürze stattfinden wird. Ihre englische Sprache kommt plötzlich in ungewohntem Ausdruck aus ihrem Mund. Ihren Geschäftspartnern geht es ähnlich und sie brechen die Konferenz lachend durch Handzeichen und Verbeugungen ab.

Ariana is sitting in a call with Chinese clients in Shanghai for preliminary discussions of the glass congress which will take place shortly. Her English language is suddenly getting out of her mouth in an unusual way. Her business partners are experiencing the same, and they are breaking off the conference by making gestures and bow while laughing at the same time.

Ariana hat das Sprachexperiment mit der Mutter aller Vokale verabredet und sie hat ihre chinesischen Kunden vorher informiert. Gespannt auf den weiteren Verlauf des Experiments geht sie auf den Flur hinaus.

Ariana has arranged the language experiment with the mother of all vowels and she has informed her Chinese customers in advance. She faces the corridor interested to see how the experiment will continue.

Words and sentences are springing through the corridor, splinter without a visible reason. They are next to each other and do not formate again. Ariana puts the one or other letter formation playfully together. She recognises some stylistic devices which her spirit is losing right away (they are explained at the end of the book).

Wörter und Sätze springen durch den Gang, zersplittern ohne sichtbaren Grund. Sie liegen nebeneinander und formieren sich nicht neu. Ariana setzt im Geiste die eine oder andere Buchstabenformation spielerisch zusammen. Sie erkennt einige Stilmittel wieder, die ihr Geist auch gleich wieder verliert (sie werden am Ende des Buches erklärt):

An oxymoron sits like a black mould in a red chair.

Ein Oxymoron sitzt als schwarzer Schimmel im roten Sessel.

An alliteration slithers soon from the wandering white wall.

Eine Alliteration glitscht gleich von der wandernden, weißen Wand.

A pleonasm introduces the white mould on which Ariana is sometimes riding on to the black mould in the red visitor chair.

Ein Pleonasmus macht den weißen Schimmel, auf dem Ariana manchmal reitet, mit dem schwarzen Schimmel im roten Besuchersessel bekannt.

An euphemism declares the chaos in the corridor as a well-thought out arrangement.

Ein Euphemismus bezeichnet das Chaos im Gang als wohldurchdachtes Arrangement.

An anaphora sees that the euphemism is streching that the euphemism is not scandalising.

Eine Anapher sieht, dass der Euphemismus sich streckt, dass der Euphemismus nicht aneckt.

She goes into a neighbouring office with her girlfriend Meriam. A cricket with an international mindset is just extrapolating the chemical structure of a woodruf jelly. 'You will get what you like', is written on the chair backs.

Sie geht mit ihrer Freundin Meriam in ein benachbartes Büro. Eine Grille mit internationaler Denkweise erschließt gerade die chemische Struktur eines Waldmeisterpuddings. „You will get what you like", steht auf den Stuhllehnen.

A plant which represents an idea is standing in every office. In this office it is 'change'. It has grown over the last hours through the window of the atrium which is 2 metres high. A soft summer rain is cooling the atmosphere down to springlike temperatures, while Ariana and Meriam admire the rampant plants called 'adjustment', 'creativity', 'further training' and 'flexibility' in other offices. Ariana's favourite plant 'playful' fills her own office completely now. The sencentes 'work in a playful way'

'play the game of work'

'play and try – try and play'

which are playfully distributed in the room are hardly to be seen.

In jedem Büro steht eine Pflanze, die eine Idee repräsentiert. In diesem Büro ist es „Veränderung". Sie ist in den letzten Stunden bis durch das Fenster des 2 Meter hohen Lichthofes gewachsen. Ein sanfter Sommerregen kühlt die Atmosphäre auf frühlingshafte Temperaturen herunter, während Ariana und Meriam die wuchernden Pflanzen „Anpassung", „Kreativität", „Weiterbildung" und „Flexibilität" in anderen Büros bewundern. Arianas Lieblingspflanze „spielerisch", füllt ihr eigenes Büro jetzt komplett aus. Die spielerisch im Raum verteilten Sätze

„play and try – try and play"

„work in a playful way"

„play the game of work"

sind kaum noch zu sehen.

A buzzing sound reminds Ariana of her flight to Estrialla, where she will meet several customers at a glass congress in the next two weeks.

Ein Summton erinnert Ariana an ihren Flug nach Estrialla, wo sie in den nächsten zwei Wochen mehrere Kunden auf einer Glastagung treffen wird.

Kapitel 2 - Chapter 2

Ariana's return flight has ended. She gets out of the plane, checks her remaining mails and sees that she has just received a new order. It is 2am, her customer wants to visit her at short notice the next day at 3pm. She writes a short confirmation, switches her gadget off and meets her partner Matthieu in the departure hall, who has just arrived from New York.

Arianas Rückflug ist beendet. Sie steigt aus dem Flugzeug, checkt ihre restlichen Mails und sieht, dass sie gerade einen neuen Auftrag erhalten hat. Es ist 2 Uhr, ihr Kunde möchte kurzfristig am nächsten Tag um 15 Uhr vorbeikommen. Sie schreibt eine kurze Bestätigung, schaltet das Gerät aus und trifft Ihren Partner Matthieu, der gerade aus New York eingetroffen ist, in der Abflughalle.

Ariana watches how favourable events develop nearly invisibly. Some are sneaking in her life very slowly and are suddenly there, others collapse over her with their whole power.

Ariana schaut zu, wie sich vorteilhafte Ereignisse fast unsichtbar entwickeln. Manche schleichen sich ganz langsam in ihr Leben und sind plötzlich da, andere brechen mit ihrer ganzen Kraft über sie herein.

Sie geht an der Glasfontäne im Eingangsbereich ihrer Firma vorbei, die Worte in der altbekannten Weise hervorsprudelt. Das Experiment der Mutter aller Vokale war auf ihr Unternehmen zugeschnitten und auf sechs Stunden begrenzt. Klangmodulationen schweben an ihr vorbei. Buchstaben umstellen die Glasfontäne, bauen multifunktionale, fantastische, architektonische Glasgebäude auf anderen Ebenen.

She passes the glass fountain in the entrance area of her company which spews out words in the well-known way. The experiment of the mother of all vowels was tailored to her company and limited to 6 hours. Sound modulations are floating next to her. Letters surround the glass fountain, build multifunctional, fantastic, architectural glass buildings on other levels.

Ariana welcomes her customer and they pass the light blue glass walls to the PR department, as he has wished. She shows him the glass scissors she has invented herself, when she was swimming in the glassy swimming pool of the mother of all vowels, which is standing in a desertlike area. Soap bubbles which are floating over it vaporise in the transparency of the air.

Ariana begrüßt ihren Kunden und sie gehen an hellblauen Glaswänden vorbei in die PR-Abteilung, wie er es sich gewünscht hat. Sie zeigt ihm die Glasschere, die sie selbst erfunden hat, als sie im gläsernen Swimmingpool der Mutter aller Vokale schwamm, der in einem wüstenähnlichen Gebiet steht. Seifenblasen, die über ihm schweben, verdunsten in der Durchsichtigkeit der Luft.

Ariana likes the customer's fine reserved way which was shaped by Swiss universities. She gives the scissors to him. 'It is a solar driven computer which saves facts about current events of various sources of information. Then it enters them in various contexts which were programmed for different target groups before and writes the texts in different languages'. 'Can I ask it to write the text for the annual report of my company or a declaration of love for my girl friend,too?', asks the customer with a smile and rakes his fingers through his hair which is curly in his neck. 'Yes, it is as easy as the invention of the perpetuum mobile when the glass scissors are programmed correspondingly'.

Die feine, zurückhaltende von Schweizer Universitäten geprägte Art ihres Kunden gefällt Ariana. Sie gibt ihm die Glasschere. „Sie ist ein solarbetriebener Computer, der Fakten über aktuelle Ereignisse aus verschiedenen Informationsquellen speichert. Dann gibt er sie in verschiedene Kontexte ein, die vorher für unterschiedliche Zielgruppen programmiert wurden und schreibt die Texte in verschiedenen Sprachen." „Kann ich damit auch den Text für den Jahresbericht meiner Firma schreiben lassen oder eine Liebeserklärung für meine Freundin?", fragt ihr Kunde lächelnd und streicht sich durch seine sich im Nacken kringelnden Locken. „Ja, wenn Sie die Glasschere entsprechend programmieren, ist das so einfach wie die Erfindung eines Perpetuum Mobiles."

Spoiled by success stories which were written by innovative products, Ariana's work is also filled with effortlessness and humour. She shows her customer how he can programme the glass scissors and mentions their capacities to him. 'The class scissors are also cutting out the faulty passages in a text like orthographic or grammatical mistakes'. This seems familiar to Ariana's customer: 'Guanine, adenine, thymine and cytosine are our letters with which we describe the world. The glass scissors are working similarly like our gene scissors which cuts out unhealthy parts and makes the human being recover immediately.' Ariana enthuses her customer, who is appreciative of art, with the honed structure of the glass scissors and they quickly come to an agreement.

Verwöhnt von Erfolgsgeschichten, die von innovativen Produkten geschrieben wurden, ist Arianas Arbeit auch dadurch von Leichtigkeit und Humor durchdrungen. Sie zeigt ihrem Kunden, wie er die Glasschere programmieren kann und nennt ihm ihre Kapazitäten. „Die Glasschere schneidet auch schadhafte Textstellen wie Rechtschreib- und Grammatikfehler heraus." Das kommt Arianas Kunden bekannt vor: „Guanin, Adenin, Thymin und Cytosin sind unsere Buchstaben, mit denen wir die Welt beschreiben. Die Glasschere arbeitet ähnlich wie unsere Genschere, die krankhafte Stellen herausschneidet und den Menschen umgehend gesunden lässt." Ariana begeistert ihren kunstsinnigen Kunden mit der feingeschliffenen Struktur der Glasschere und sie werden schnell handelseinig.

An Admiral flies through the open window and sits down on the Spanish textbook of a company participant, who is just learning the declination of the verb 'laughing'. The paper structure or the content seems to fascinate it. The butterfly flies to it several times until a strong breath of wind shows it the way outside to a sunlit stone where Ariana takes her leave of her customer. 'What makes me get up every morning are the fantastic possibilities we can realize in our company. The products we can manufacture in the future and what our company can be one day', he says.

Ein Admiral fliegt durch das offene Fenster und setzt sich auf das Spanischlehrbuch einer Unternehmensteilnehmerin, die gerade die Deklination des Verbes „lachen" lernt. Die Papierstruktur oder der Inhalt scheinen ihn zu faszinieren. Der Schmetterling fliegt es mehrfach an, bis ein starker Windhauch ihm den Weg draußen zu einem sonnenbeschienenen Stein weist, wo Ariana ihren Kunden verabschiedet. „Was mich jeden Tag aufstehen lässt, sind die fantastischen Möglichkeiten, die wir in unserem Unternehmen verwirklichen können. Die Produkte, die wir in der Zukunft herstellen werden können und was unser Unternehmen eines Tages sein kann", sagt er.

Kapitel 3 – Chapter 3

Ariana visits her girl friend A'nah, an Indian dance teacher, in her flat in Berlin. She lives there with her little daughter and her husband, who is a former analyst.

Ariana besucht ihre Freundin A'nah, eine indische Tanzlehrerin, in ihrer Wohnung in Berlin. Sie lebt dort mit ihrem Mann, einem ehemaligen Analysten und ihrer kleinen Tochter.

The consonants 'M' and 'W' open the door for her. They are the most common consonants in today's text scrap, A'nah will read in the evening. 'M' and 'W': soft consonants which invite Ariana in a friendly way to come in while the consonants 'D','B','G' are having a nap after a good lunch. The 'M' brings a magnolia blossom for the two and leaves.

Die Konsonanten „M" und „W" öffnen ihr die Tür. Sie sind die häufigsten Konsonanten im Textfetzen des heutige Tages, den A'nah am Abend lesen wird. „M" und "W": weiche Konsonanten, die Ariana freundlich einladen, hereinzukommen, während sich die Konsonanten „D", „B", „G" nach einem guten Mittagessen schlafen gelegt haben. Das „M" bringt beiden eine Magnolienblüte und geht wieder.

After you have explained the reason to me why only half of the text is written on my paper scrap, I was fascinated by the idea of the experiment and I have asked the mother of all vowels to prolong her experiment for me', says A'nah.

„Nachdem Du mir den Grund erklärt hast, warum nur noch die Hälfte des Textes auf meinem Papierfetzen steht, war ich fasziniert von der Idee des Experiments und habe die Mutter aller Vokale gebeten, ihr Experiment für mich zu verlängern", sagt A'nah.

A queen with sandals which are covered with pearls opens the horizon. The water in a big tea bowl shortly is sloshing forth and back. It reflects the picture of a transforming triad for seconds. Waterlike thoughts transform it into an unknown, undreamed-of new pitch.

Eine Königin mit perlenbesetzten Sandalen öffnet den Horizont. Das Wasser in einer großen Teeschale schwappt kurz hin und her. Es reflektiert sekundenlang das Bild eines sich wandelnden Dreiklangs. Wasserartige Gedanken verändern ihn in eine unbekannte, ungeahnte neue Tonhöhe.

'What have you found out?', Ariana wants to know. 'Indeed, it was very peculiar at the beginning. I could not read and not speak. The letters have made fun of me and I could not write them down, as length and rythm were changing permanently. I was at a loss and felt disconnected', Ariana tells. 'Then you have alternately interviewed the sun, the moon and other stars', Ariana jokes.

„Was hast Du herausgefunden?", will Ariana wissen. „Es war schon sehr eigenartig zu Beginn. Ich konnte nicht lesen und nicht sprechen. Die Buchstaben machten sich über mich lustig und ich konnte sie auch nicht schriftlich fixieren, da sich Länge und Rhythmus ständig änderten. Ich war ratlos und fühlte mich abgeschnitten", erzählte A'nah. „Dann hast Du abwechselnd die Sonne, den Mond und andere Sterne befragt", witzelt Ariana.

'Rather the opposite. I have not asked anybody and have emptied my mind the next day. This means that I have simply let myself in for the next day and have expected a good solution', A'nah reports. 'Interesting approach!', Ariana wonders. 'What was your next step?'

„Eher das Gegenteil. Ich habe niemanden befragt und mich am nächsten Tag leer gemacht. Das bedeutet, dass ich mich einfach auf den nächsten Tag eingelassen und eine gute Lösung erwartet habe", berichtet A'nah. „Interessanter Ansatz!", staunt Ariana. „Wie ging es weiter?"

The queen with the sandels which are covered with pearls takes a tone into both hands like a present.

Waterlike thoughts transform it into an unknown, undreamed-of new pitch.

Die Königin mit den perlenbesetzten Sandalen nimmt einen Ton in beide Hände wie ein Geschenk.
Wasserartige Gedanken verändern ihn in eine unbekannte, ungeahnte neue Tonhöhe.

Within this experiment lasting ten days I learned calmness. But on the first day an empty page graced my life. I felt unpleasant with this involuntary communication diet and even started to enjoy it on the second day.

„Innerhalb dieses zehntägigen Experiments lernte ich Gelassenheit. Doch am ersten Tag zierte eine leere Seite mein Leben. Ich fühlte mich unwohl bei der unfreiwilligen Kommunikationsdiät und begann erst am zweiten Tag, sie zu genießen.

Then I lent a concept of reality from our girl friend Meriam that came very close to my situation. Only on the third day the essence of the Chinese language came to me and stroke comfortingly my hair. I hardly dared but then I risked to thank her in Chinese', A'nah continued. 'It worked!' Ariana assumed. 'It did! I was very happy that I could get in contact with the essence of the languages step by step. After the mother of all vowels has changed the rhythm and the length of the vowels every few minutes and I have just adapted to the new situation when the old game was destroyed and a new game was born.' 'Then it was the languages' birthday several times on every day', Ariana teases her laughingly. 'Yes, not only my birthday, as I receive a new day as a present each day', Ariana agrees laughingly. 'I have became fearless as a result of this experiment and use my intuition more often. I know now that I have the ability to adapt to everything at any time.'

Dann lieh ich mir von unserer Freundin Meriam ein Konzept der Wirklichkeit, das meiner Situation sehr nahe kam. Erst am dritten Tag kam das Wesen der chinesischen Sprache zu mir und strich mir tröstend über mein Haar. Ich traute mich kaum aber wagte es dann doch, ihr auf Chinesisch zu danken", fährt A'nah fort. „Es hat funktioniert!" vermutet Ariana. „Ja, das hat es! Ich war ganz glücklich, als ich nach und nach mit den Wesenskernen der Sprachen in Kontakt kommen konnte. Nachdem die Mutter aller Vokale zuvor Rhythmus und Länge der Vokale alle paar Minuten geändert hatte und ich mich gerade auf die neue Situation eingestellt hatte, als das alte Spiel zerstört und ein neues Spiel geboren wurde." „Dann hatten die Sprachen an jedem Tag mehrfach Geburtstag", neckt Ariana sie lachend. „Ja, nicht nur ich feierte meinen Geburtstag, da mir an jedem Tag ein neuer Tag geschenkt wird", stimmt A'nah lächelnd zu. „Ich bin durch dieses Experiment unerschrocken geworden und nutze öfter meine Intuition. Ich weiß jetzt, dass ich die Fähigkeit habe, mich jederzeit auf alles einstellen zu können."

A perl sinks singingly on the dancing floor made of birch wood. The remaining perls on the queen's sandels also start to sound. Waterlike thoughts change the queen and them into an unknown, undreamed-of new pitch.

Eine Perle sinkt singend auf den Tanzboden aus Birkenholz. Auch die übrigen Perlen auf den Sandalen der Königin beginnen zu klingen. Wasserartige Gedanken verändern die Königin und sie in eine unbekannte, ungeahnte neue Tonhöhe.

'Great. Then I invite you to the glass congress. There you can perform the glass noodle test for me', invites Ariana A'nah. 'Glass noodle test – what is that? You are joking', says A'nah knowing how it was really meant. 'No, no. I am serious about that, even if the glass noodle test is great fun', Ariana confirms. 'But maybe you can perform something else, too. Something that deals more with dancing', she winks at A'nah.

„Großartig. Dann lade ich Dich zum Glaskongress ein. Du kannst dort für mich den Glasnudeltest vorführen", lädt Ariana A'nah ein. „Glasnudeltest – was ist das denn? Du machst einen Spaß", sagt A'nah wissend, wie es tatsächlich gemeint war. „Nein, nein. Ich meine es schon ernst, auch wenn der Glasnudeltest ein großer Spaß ist", bestätigt ihr Ariana. „Aber vielleicht kannst Du auch etwas anderes vorführen. Etwas, dass mehr mit Tanzen zu tun hat", zwinkert sie A'nah zu.

Kapitel 4 – Chapter 4

Midnight in India. Ariana is drinking comet juice. For the opening of the glass congress she is dancing around the booth at the entrance. Here there are glass noodle dishes in glass snails for sucking them out. A visitor is passing her carefully. A'nah asks him to dance the tango, which they end on a mid blue point in the middle of the entrance area.

Mitternacht in Indien. A'nah trinkt Kometensaft. Zur Eröffnung des Glaskongresses umtanzt sie den Stand am Eingang. Hier gibt es Glasnudelgerichte zum Heraussaugen, die sich in Glasschnecken befinden. Ein Besucher geht vorsichtig an ihr vorbei. A'nah fordert ihn zum Tango auf, den sie auf einem mittelblauen Punkt in der Mitte des Eingangsbereiches beenden.

A charming rose stem is flirting with a cloverleaf lady. Her hormones initially start to drum very slowly. She removes her cape when they increasingly are drumming more quickly. The rose stem joins her and starts to caress the drumming hormones.

Ein charmanter Rosenstengel flirtet mit einer Kleeblattdame. Ihre Hormone beginnen ganz langsam zu trommeln. Sie zieht ihren Umhang aus, während ihre Hormone zunehmend schneller trommeln. Der Rosenstengel setzt sich zu ihr und beginnt die trommelnden Hormone zu streicheln.

A new period of time in Ariana's surprise edition of life. Ariana is looking forward to her product presentation and enjoys the fascination of working and living exessively. She cannot separate both from each other.

Ein neuer Zeitabschnitt in Arianas Überraschungsausgabe des Lebens. Ariana freut sich auf ihre Produktpräsentation und genießt die Faszination exzessiven Arbeitens und Lebens, die sie nicht voneinander trennen kann.

Ambiguous processes in the technique of glass defining liaise with the versatility of a glass lecture this night. Mysterious sentences like the sentence before are sitting next to nihilistic and irrational sentences of customers on glass isles in a big glass cylinder which is filled with water. Ariana has asked her visitors to come in swimsuits for the product presentation 'The nihilist key', just to experience very closely how the gadget for winning difficult customers works and how it can be used. She holds on the edge of the cylinder and playfully swings her lower body back and forth like a pendulum before her visitors arrive in the water little by little.

Mehrdeutige Vorgänge in der Technik des Glasdefinierens liieren sich in dieser Nacht mit der Vieldeutigkeit eines Glasvortrags. Mysteriöse Sätze wie der vorherige Satz sitzen neben nihilistischen und irrationalen Kundensätzen auf Glasinseln in einem großen, mit Wasser gefüllten Glaszylinder. Ariana hat ihre Besucher gebeten, zur Produktpräsentation „Der Nihilistenschlüssel" in Schwimmkleidung zu kommen, um hautnah zu erleben, wie das Gerät zur Gewinnung schwieriger Kunden funktioniert und wie man es einsetzt. Sie hält sich am Zylinderrand fest und schwingt ihren Unterkörper spielerisch wie ein Pendel hin und her, bevor ihre Besucher nach und nach im Wasser eintreffen.

A laughing in form of an oversized christalline zero appears, it hovers out of the night's nothing in the full moon light over the water. The mysterious and nihilistic sentences sigh in a knowing way. The laughing zero presents the function, 'water down' while it is modifying the sentences in an amusing way and repeats the content to the customer without boring them so often until they want to have this product and buy it. The first nihilistic customers' arguments already give up stressed out and jump into the water.

Ein Lachen in Form einer übergroßen gläsernen Null erscheint, schwebt aus dem Nichts der Nacht im Vollmondlicht über dem Wasser. Die mysteriösen und nihilistischen Sätze seufzen wissend. Das Lachen präsentiert die Funktion „Aufweichen", indem es Sätze auf amüsante Weise variiert und den Inhalt ohne dass der Kunde sich langweilt, so lange wiederholt, bis dieser das Produkt haben will und kauft. Die ersten nihilistischen Kundenargumente geben bereits genervt auf und springen ins Wasser.

Ariana and the visitors laugh with the glassy zero which continues with the function 'dehydrate'. It consequently represents all advantages with its sentences so that the lifeblood of irrational counterarguments is systematically withdrawn. The mysterious sentences feel demasked and disappear in the wet dark.

Ariana und die Besucher lachen mit der gläsernen Null, die mit der Funktion „Entwässern" weitermacht. Sie präsentiert mit ihren Sätzen folgerichtig alle Vorteile, so dass irrationalen Gegenargumenten systematisch der Lebenssaft entzogen wird. Die mysteriösen Sätze fühlen sich erkannt und verschwinden im dunklen Nass.

Ariana and the visitors laugh. The glassy zero grins and finally shows the function 'waterdrop'. It dops a sentence with a waterdrop constantly into the water. The sentences tell water drop for waterdrop the story of a product's development and undermine the room for the customers' speculations given by the density of details. 'Only nothingness is positive!', says the zero and laughs out loudly as it knows that even the remaining irrational sentences of the customers get out of their depths, too.

Ariana und die Besucher lachen. Die gläserne Null grinst und zeigt zum Abschluss die Funktion „Wassertropfen". Dazu lässt sie einen Satz mit einem Wassertropfen beständig ins Wasser fallen. Die Sätze erzählen Wassertropfen für Wassertropfen die Entstehungsgeschichte eines Produktes und höhlen durch die Detaildichte den Raum für Spekulationen der Kunden aus. „Nur das Nichts ist positiv!", sagt die Null und lacht laut, weil sie weiß, dass damit auch die restlichen irrationalen Kundensätze ins Schwimmen geraten.

Ariana strokes slightly over the cylinder's edge. With solar energy they fly to the African continent where the international glass congress is continued. When arriving the visitors find themselves in the dazzling midday sun. Like Ariana they put on business casual which are kept at their disposal there.

Ariana streicht leicht über den Zylinderrand. Sie fliegen mit Solarenergie auf den afrikanischen Kontinent, wo der internationale Glaskongress fortgesetzt wird. Die Besucher finden sich bei der Ankunft in der gleißenden Mittagssonne wieder. Wie Ariana ziehen sie dort die für sie bereit gehaltene legere Geschäftskleidung an.

The glassy zero appears greater in the sunlight than in the moonlight. Logos of the companies which have already used it successfully are engraved in the outside. Ariana knows the numerous questions of the visitors and lets the glassy zero answer them.

Bei Sonnenlicht wirkt die gläserne Null größer als im Mondlicht. Firmenlogos der Unternehmen, die sie bereits erfolgreich einsetzen, sind in der Außenseite eingraviert. Ariana kennt die zahlreichen Fragen der Besucher und lässt sie von der gläsernen Null beantworten.

A white butterfly tries to dive into the water of the cylinder. But the glass prevents that. So it flies to the neighbouring exhibition area and Ariana follows it after the event has ended. There is a coloured modified hat made of porcelain glass which is similar to a bowler hat. Ariana and A'nah fly with it to the European continent where the last part of the glass congress takes place.

Ein weißer Schmetterling versucht in das Wasser des Zylinders einzutauchen. Doch das Glas verhindert das. So fliegt er auf die benachbarte Ausstellungsfläche und Ariana folgt ihm nach Abschluss ihrer Veranstaltung. Dort befindet sich eine bunte Hutvariante aus Porzellanglas, die einer Melone ähnelt. Ariana und A'nah fliegen mit ihr auf den europäischen Kontinent, wo der letzte Teil des Glaskongresses stattfindet.

Kapitel 5 – Chapter 5

An architectonically challenging glass town covering 1000 square metres with roofs bent to the floor and metres long benches. Branches extend from tree fern to tree fern up to a labyrinth of glass fencings, two metres high in the air. Solar driven lifts in different speeds invite to get a lift. Wild growing flowers everywhere.

Eine architektonisch herausfordernde Glasstadt auf 1000m² mit bis auf den Boden gebogenen Dächern und meterlangen Bänken. Äste führen von Baumfarn zu Baumfarn, hin zu einem Labyrinth aus Glasgittern, zwei Meter hoch in der Luft. Solarbetriebene Rolltreppen in unterschiedlichen Geschwindigkeiten laden zur Mitfahrt ein. Wild wachsende Blumen überall.

'Every day we create everything anew. There is as less routine as possible, because we do not want to be bored. Moreover, we do not require a framework we have to stick to. This definition of our corporate philosophy is almost a metaphor for parcoulet.

„Wir kreieren jeden Tag immer wieder alles neu. Es gibt so wenig Routine wie möglich, weil wir uns nicht langweilen wollen. Zudem brauchen wir kein Gerüst, an dem wir uns festhalten müssen. Diese Definition unserer Unternehmensphilosophie ist nahezu eine Metapher für parcourlet.

Parcourlet town is a system of single elements which can be put together individually for your company participants', Ariana continues to explain. 'We are rearranging the single elements several times a day so that you can train in a different way again and again. When you touch the inside of the bottom of an exercise object at the entrance, you activate a function which makes a tone audible as soon as you use the object for practicing. In doing so, you can practice parcourlet and create a melody which is always surprising and new. By the way: it is also part of our company philosophy to surprise our customers again and again. We have established our surprise department for that.

Parcourlet Stadt ist ein System aus einzelnen Bausteinen, die sie individuell für Ihre Unternehmensteilnehmer zusammensetzen können", erklärt Ariana weiter. „Wir stellen die einzelnen Bauteile täglich mehrfach um, so dass immer wieder anders trainiert werden kann. Wenn man zu Beginn die Innenseite der Unterseite eines Übungsgegenstandes am Eingang berührt, aktiviert man eine Funktion, die einen Ton hörbar macht, sobald man einen Gegenstand zum Praktizieren nutzt. Auf diese Weise kann man parcourlet ausüben und eine Melodie kreieren, die immer überraschend und neu ist. Apropos: Zu unserer Firmenphilosophie gehört übrigens auch, dass wir unsere Kunden immer wieder überraschen. Wir haben dafür unsere Überraschungsabteilung etabliert.

When you have a closer look you can also see street art in the right part of the glass town which is seperated by a rope. Some company participants express themselves artistically and engrave or paint glass, cut pieces out of an object with a glass cutter. You can also take the object home and replace it with a new one. There are also companies which book their company holiday with us.'

Wenn Sie genauer hinsehen, können Sie auch Street Art im rechten, dafür mit einem Seil abgegrenzten Bereich der Glasstadt erkennen. Manche Unternehmensmitglieder drücken sich hier künstlerisch aus und gravieren oder bemalen Glas, schneiden Stücke aus einem Gegenstand mit dem Glasschneider heraus. Man kann den Gegenstand auch mit nach Hause nehmen und durch einen Neuen ersetzen. Es gibt auch Unternehmen, die ihren Betriebsurlaub bei uns buchen."

'How much time do you have to invest to be fit for parcourlet?', a thoroughly fit visitor wants to know.

„Wieviel Zeit muss man investieren, um fit für parcourlet zu sein?", möchte ein durchtrainierter Besucher wissen.

'Most of the company participants practice here 15 minutes every day, some are compensating their hours of overtime in parcourlet town. It is important to playfully solve challenges by wisdom, far-sightedness, knowledge and technique. This is also valid for our work', Ariana explains to her visitors.

„Die meisten Unternehmensmitglieder trainieren hier jeden Tag 15 Minuten lang, manche feiern ihre Überstunden in der parcourlet-Stadt ab. Wichtig ist, Herausforderungen spielerisch durch Weisheit, Weitblick, Wissen und Technik zu lösen. Das gilt auch für unsere Arbeit", erklärt Ariana ihren Besuchern.

'Are there also a few square metres where you can relax without being watched at?', asks a visitor who hides parts of his body behind a glass object. 'An environment for more introverted company participants who like to withdraw and require time to reflect, process information and to be alone.' 'Yes', nodds Ariana. Parcourlet town was built for the requirements of extroverted and introverted company participants likewise. The introverted can touch the left side of every glass object. Its dyeing depends on the time of day and light of nature. In the early morning it reflects a sunrise for example. The philosophy behind is 'creation by relaxation', Ariana continues to explain.

„Gibt es auch ein paar Quadratmeter, wo man sich ausruhen kann, ungesehen und unbeobachtet?", fragt ein Besucher, der Teile seines Körpers halb hinter einem Glasgegenstand verbirgt. „Eine Umgebung für introvertiertere Unternehmensteilnehmer, die sich gerne zurückziehen und Zeit zum Nachdenken, Informationen verarbeiten und Alleinsein benötigen." „Ja", nickt Ariana. Parcourlet Stadt wurde für die Bedürfnisse von extrovertieren wie introvertierten Unternehmensteilnehmer gleichermaßen gebaut. Introvertierte können die linke Seite eines jeden Glasgegenstandes berühren. Er färbt er sich je nach Tageszeit und Licht der Natur ein. Am frühen Morgen spiegelt er z.B. einen Sonnenaufgang wider. Die Philosophie dahinter ist „Ent-stehen lassen durch Ent-spannung", erklärt Ariana weiter.

'Closing the glass congress I will perform parcourlet for you now and invite you to join me.' She jumps over a chair on which the sentence is written 'You can do what you think that you can do' and with a mixture of skilfulness and power she lands on the branch of a glass tree doing the splits. In a way that is playful and aesthetic at the same time she crosses a bench as a funambulist and jumps elegantly in front of the entrance sign which a visitor is just reading.

„Zum Abschluss des Glaskongresses führe ich Ihnen jetzt parcourlet vor und wer möchte, den lade ich ein, sich mir anzuschließen." Sie überspringt einen Stuhl, auf dem der Satz „Du kannst das, von dem Du glaubst, dass Du es kannst", steht und landet mit einer Mischung aus Geschicklichkeit und Kraft im Spagat auf dem Ast eines Glasbaumes. Spielerisch und ästhetisch zugleich überquert sie als Seiltänzerin eine Bank und springt elegant vor das Eingangsschild, das gerade ein Besucher liest.

'parcourlet' is written on a sign.
'parcourlet' is a mixture of parkour and ballet. Ariana, the company founder invented parcourlet during a primal training for parkour when she realized that none of those practicing parkour were able to do the splits. An exception? However, she uses this as an opportunity to integrate elements of ballet into parkour and to create a new way of movement.

„parcourlet " steht auf einem Schild.
„parcourlet ist eine Mischung aus Parkour und Ballett. Die Firmengründerin Ariana erfand parcourlet bei einem Ersttraining für Parkour, wo sie feststellte, dass keiner der Parkour Ausübenden Spagat konnte. Eine Ausnahme? Sie nahm dies jedenfalls zum Anlass, um Elemente des Balletts in Parkour zu integrieren und eine neue Fortbewegungsart zu kreieren.

When doing parcourlet it is important to perceive the environment in an effective, creative, aesthetic way. To decide as quickly as possible how to take up a room and to overcome it, so that it becomes a fascinating work of art. You learn how to count on your body and not to leave your marks. You completely engage in the environment by intuition to invent new possibilities to move which are elegant and sexy. When doing ballet you are standing on your tiptoes, when doing parcourlet you learn how you can stand on tiptoes in your thoughts. For a fascinating, extraordinary life full of surprises, with horizons which have been undreamed of so far.'

Bei parcourlet kommt es darauf an, die Umgebung auf effektive, kreative, ästhetische Weise wahrzunehmen. Blitzschnell zu entscheiden, wie man den Raum so einnehmen und überwinden kann, dass daraus ein faszinierendes Kunstwerk wird. Man lernt, sich auf den eigenen Körper zu verlassen und keine Spuren zu hinterlassen. Man lässt sich komplett auf die Umgebung ein und erfindet intuitiv neue Fortbewegungsmöglichkeiten, die elegant und sexy sind. Beim Ballett steht man auf Zehenspitzen, bei parcourlet lernt man, wie man in Gedanken auf Zehenspitzen stehen kann. Für ein faszinierendes, außergewöhnliches Leben voller Überraschungen mit bisher ungeahnten Horizonten."

Merci

Praktizierst Du auch parcourlet?
Jeden Tag 15 Minuten?

Do you practice parcourlet, too?
15 minutes every day?

Erfinde Deine eigenen parcourlet Übungen
Invent your own parcourlet exercises

Spielzeit – Game time

Auf den folgenden Seiten kannst Du mit Worten spielen, Sätze bilden und Stilmittel kennenlernen

On the following pages you can play with words, build sentences and get to know stylistic devices.

Anapher/anaphora

Pleonasmus/pleonasm

Oxymoron/oxymoron

Euphemismus/euphemism

Alliteration/alliteration

Anapher/anaphora

Wiederholung wichtiger Wörter an Satzanfängen.
Repetition of important words at the beginning of the sentence.

Wirkung/effect:
Rhythmisierung des Textes und verstärkende Wirkung durch Wiederholung.
Rhythmizing of the text and reinforcing the message for emphasis.

Beispiel im Buch:
Eine Anapher sieht, dass der Euphemismus sich streckt, dass der Euphemismus nicht aneckt.

Example in the story:
An anaphora sees that the euphemism is streching that the euphemism is not scandalising.

Deine Sätze/your sentences:

Pleonasmus/pleonasm

Häufung sinngleicher Wörter ohne zusätzliche Informationen
Accumulation of words with the same meaning without giving additional information.

Wirkung/effect:
Verdeutlichung und Hervorhebung des Inhaltes.
Clarification and emphasis of the content.

Beispiel in der Geschichte:
Ein Pleonasmus macht den weißen Schimmel, auf dem Ariana manchmal reitet mit dem schwarzen Schimmel im roten Besuchersessel bekannt.

Example in the story:
A pleonasm introduces the white mould on which Ariana is sometimes riding on to the black mould in the red visitor chair.

Deine Sätze/your sentences:

Oxymoron/oxymoron

Zwei Vorstellungen, die sich ausschließen.
Two ideas which exclude each other

Wirkung/effect:
Pointierte Darstellung des Inhalts.
Pointed presentation of the content.

Beispiel in der Geschichte:
Ein oxymoron sitzt als schwarzer Schimmel im roten Besuchersessel.

Example in the story:
An Oxymoron sits like a black mould in a red visitor chair

Deine Sätze/your sentences:

Euphemismus/euphemism

Beschönigung/whitewash

Wirkung/effect:
Inhalte verharmlosen und unbedeutender erscheinen lassen.
Play down contents and let it appear less important.

Beispiel in der Geschichte:
Ein Euphemismus bezeichnet das Chaos im Gang als wohldurchdachtes Arrangement.

Example in the story:
An euphemism declares the chaos in the corridor as a well thought out arrangement.

Deine Sätze/your sentences:

Alliteration/alliteration:

Zwei oder mehrere aufeinander folgende Wörter beginnen mit dem gleichen Buchstaben.
Two or more words which follow each other starting with the same letter.

Funktion/function:
Höhere Einprägsamkeit des Textes/higher memorability of the text
Schafft Harmonie/creates harmony

Beispiel in der Geschichte:
Eine Alliteration glitscht gleich von der wandernden, weißen Wand.

Example in the story:
An alliteration slithers soon from the wandering white wall.

Deine Sätze/your sentences:

Dolmetsch- und Übersetzungsdienst
Marion Wolters
Geprüfte Dolmetscherin Englisch

+++ Wirtschaft +++ Politik +++ Medien
+++ Energie +++ Literatur +++